Bienvenue
dans le monde des

ALBIN MICHEL JEUNESSE

D1341599

Salut, c'est Téa, la sœur de Geronimo Stilton! Je suis envoyée spéciale de «l'Écho du rongeur», le journal le plus célèbre de l'île des Souris. J'adore les voyages et j'aime rencontrer des gens du monde entier, comme les Téa Sisters. Ce sont cinq amies vraiment épatantes. Je vous les présente!

Colette a une vraie passion pour le rose et c'est la fille la plus *fashion* du groupe. Toujours occupée à soigner son look, elle est sans cesse en retard!

Violet aime étudier et découvrir sans cesse de nouvelles choses. Elle aime la musique classique et rêve de devenir une grande violoniste!

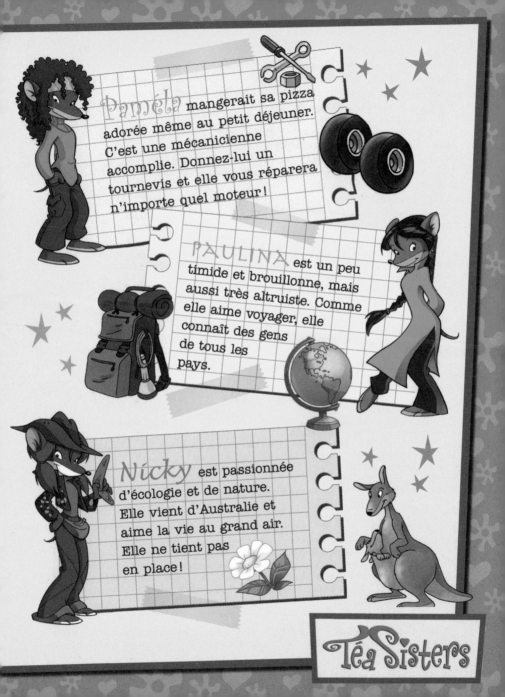

Paméla mangerait sa pizza adorée même au petit déjeuner. C'est une mécanicienne accomplie. Donnez-lui un tournevis et elle vous réparera n'importe quel moteur !

PAULINA est un peu timide et brouillonne, mais aussi très altruiste. Comme elle aime voyager, elle connaît des gens de tous les pays.

Nicky est passionnée d'écologie et de nature. Elle vient d'Australie et aime la vie au grand air. Elle ne tient pas en place !

Téa Sisters

Texte de Téa Stilton.
*Coordination des textes d'*Alessandra Berello *(Atlantyca S.p.A.),*
*avec la collaboration d'*Arianna Bevilacqua.
Sujet et supervision des textes de Carolina Capria *et* Mariella Martucci.
Coordination éditoriale de Patrizia Puricelli.
Édition de Daniela Finistauri.
Coordination artistique de Flavio Ferron.
Assistance artistique de Tommaso Valsecchi.
Couverture de Giuseppe Facciotto *(dessins) et* Flavio Ferron *(couleurs).*
Illustrations intérieures de Chiara Balleello *(dessins) et* Francesco Castelli *(couleurs).*
Graphisme de Chiara Cebraro.
Cartes : Archives Piemme.
*Basé sur une idée originale d'*Elisabetta Dami.
Traduction de Béatrice Didiot.

www.geronimostilton.com

Pour l'édition originale :
© 2013, Edizioni Piemme S.p.A. – Palazzo Mondadori, Via Mondadori, 1 – 20090 Segrate, Italie
sous le titre *Il concerto del cuore*
International rights © Atlantyca S.p.A. – Via Leopardi, 8 – 20123 Milan, Italie
www.atlantyca.com – contact : foreignrights@atlantyca.it
Pour l'édition française :
© 2015, Albin Michel Jeunesse – 22, rue Huyghens, 75014 Paris
Blog : albinmicheljeunesse.blogspot.com
Loi 49-956 du 16 juillet 1949 sur les publications destinées à la jeunesse
Dépôt légal : premier semestre 2015
Numéro d'édition : 21313
Isbn-13 : 978 2 226 31 535 9
Imprimé en France par Pollina s.a. en avril 2015 - L71881A

Téa Stilton

LE CONCERT DU CŒUR

ALBIN MICHEL JEUNESSE

UNE JOURNÉE SPÉCIALE

Il y a ceux qui, quand ils sont contents, ont envie de chanter, ceux qui ne peuvent s'empêcher de SOURIRE et ceux... qui se lèvent aux aurores !

C'est ainsi qu'aux premières lueurs de l'AUBE une étudiante de Raxford, débordante d'énergie, se préparait à affronter une matinée un peu particulière. Dommage qu'elle ait choisi de le faire de manière... BRUYANTE !

Colette, encore en PYJAMA et l'air endormi, pointa le nez dans le couloir. Le bruit d'un tas de petits objets se répandant par terre l'avait réveillée.

– C'est toi, Elly ?! Salut ! Comment se fait-il que tu sois déjà debout ? demanda-t-elle.

– Eh bien… euh… bafouilla celle-ci, comme je n'arrivais pas à dormir, je me suis dit qu'en attendant l'arrivée de nos invités j'allais fabriquer une grande banderole de bienvenue… Accroupie, la jeune fille s'efforçait de ramasser

des RUBANS de toutes les couleurs, des ciseaux et des cocardes éparpillés par terre.

– Et comme j'étais un tantinet nerveuse, j'ai renversé le carton qui contenait les décorations !

Colette posa un regard attendri sur sa camarade : cette journée était **importante** pour elle. Quelques semaines plus tôt, Elly avait eu une idée lumineuse : proposer au Club des Jeunes Lecteurs, un groupe d'enfants qui se réunissait habituellement à la bibliothèque municipale de

l'île des Baleines, de visiter l'énorme centre de documentation du collège.

Son projet EMBALLA le recteur, qui lui donna aussitôt son autorisation.

– Attends, je viens avec toi! s'exclama Colette. Donne-moi juste le temps de m'**habiller** et d'appeler les autres Téa Sisters! Nous t'aiderons à accueillir les **gamins**!

– Merci, les filles! répondit Elly. Vous êtes de vraies **amies**!

Colette sourit, avant d'ajouter avec un clin d'œil :

– Et si je ne m'abuse, il y aura parmi les petits une invitée SPÉCIALE...

AU PAYS DES MERVEILLES !

Elly et les Téa Sisters venaient tout juste d'accrocher la banderole quand une petite voix aiguë résonna dans la cour :
– Elly ! Elly !

– Ah, te voilà, Marina ! s'écria la jeune fille en **COURANT** embrasser sa sœur.

– Je te présente mes **amis** du Club des Jeunes Lecteurs, ainsi que mademoiselle Rosemary, la bibliothécaire de l'île ! dit la fillette en désignant un groupe d'enfants de son âge, puis une jeune rongeuse à l'air *sympathique*.

– Tout le monde est prêt à visiter le centre de documentation du collège ? s'enquit Nicky.

– Oui ! répondirent en **CHŒUR** les invités avant de se précipiter vers l'escalier principal.

Lorsque toute la compagnie se trouva devant une imposante porte en **BOIS**, Colette annonça :

– C'est ici !

Puis elle en poussa les deux lourds battants.

– **OOOH !** soufflèrent les enfants.

Aussitôt, ils disparurent entre les rayons remplis d'**ouvrages** de tous les genres et de toutes les époques !

REGARDEZ CELUI-CI !

Après avoir vagabondé un moment, CHACUN revint en serrant dans ses **MAINS** le livre qui l'intriguait le plus.

– Regardez le drôle de titre de celui-ci ! s'exclama Marina en BRANDISSANT un gros volume. Je me demande de quoi il parle !

– Si tu veux, je peux t'aider à le découvrir, proposa Pam. J'ADORE lire à haute voix !

Aussitôt dit, aussitôt fait ! L'histoire que Pam commença à raconter se révéla si **passionnante** que tous les enfants s'approchèrent et se mirent à écouter en silence.

Quand elle eut fini, l'un d'eux murmura d'un air **RÊVEUR** :

– Waouh ! C'était magnifique ! Tu veux bien continuer ?

Pam ne se le fit pas dire deux fois. Elle courut chercher d'autres exemplaires du roman, et mobilisa Tanja, Craig, Ron, Shen et Vik pour offrir aux enfants une lecture encore plus vivante et amusante.

Les bambins ne furent pas les seuls à apprécier la **PERFORMANCE** des étudiants de Raxford : Rosemary la trouva si *INTÉRESSANTE* qu'il lui vint une idée...

À CHACUN SA BIBLIOTHÈQUE

Dès le lendemain MATIN, la bibliothécaire de l'île des Baleines envoya une proposition aux Téa Sisters.

Les cinq amies lurent attentivement son e-mail

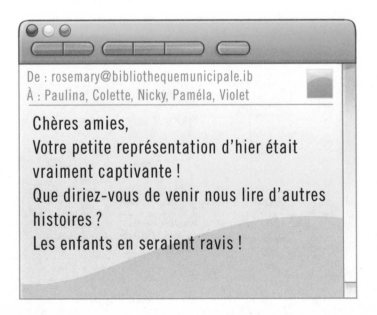

De : rosemary@bibliothequemunicipale.ib
À : Paulina, Colette, Nicky, Paméla, Violet

Chères amies,
Votre petite représentation d'hier était vraiment captivante !
Que diriez-vous de venir nous lire d'autres histoires ?
Les enfants en seraient ravis !

et trouvèrent l'idée de Rosemary fantasouristique ! Elles s'empressèrent donc d'accepter
son invitation.

Paulina, Paméla, Colette, Nicky, Violet et
leurs camarades prirent ainsi l'habitude de se
rendre chaque semaine à la *bibliothèque*
municipale, entraînant leurs jeunes auditeurs
d'**AVENTURE** en aventure !

Rien qu'en les écoutant, Marina et ses camarades caracolaient, comme par magie, au Pays
imaginaire* ou flânaient au Pays des jouets**.
Tout cela sans mettre le pied dehors mais en se
laissant simplement porter par leur IMAGI-
NATION !

Les séances animées par les étudiants de
Raxford étaient de plus en plus gaies et diver-
tissantes. Mais dès la première, les Téa Sisters
s'étaient aperçues que cette bibliothèque n'était
guère adaptée aux jeunes usagers.

– Nous aimons beaucoup venir, leur confia
un jour Marina, mais ici il n'y a pas beaucoup
de livres pour nous...

– Oui et, quand on est là, on nous demande
toujours de nous TAIRE. Mission impossible !
Nous, on a besoin de parler et... de se raconter
ce qu'on vient de lire ! ajouta Tommy.

Les Téa Sisters et leurs amis en vinrent à penser

* Voir le livre *Peter Pan*, de James M. Barrie.
** Voir *Les Aventures de Pinocchio*, de Carlo Collodi.

SILENCE!

que le *Club des Jeunes Lecteurs* méritait une salle rien que pour lui avec un aménagement approprié!

Un après-midi, Pam et Violet allèrent *trouver* Rosemary. Peu auparavant, elles avaient découvert, à côté de la salle de lecture, une pièce uniquement occupée par les DICTIONNAIRES et les encyclopédies.

Ce SOIR-là, au dîner, les deux filles rapportèrent à leurs amis leur conversation avec la jeune femme.

– Rosemary est du même avis que nous. Elle nous autorise à DÉPLACER les ouvrages de référence et à transformer la pièce en espace pour la jeunesse, résuma Pam.

– **Excellente nouvelle !** s'exclama Nicky. Mettons-nous au travail !

– L'ENNUI… intervint Violet, c'est que l'établissement n'a pas assez d'argent pour ACHETER tout ce qu'il faut : des livres mais aussi des étagères, des tables et des chaises à la taille des enfants…

– En effet, c'est un problème ! confirma Shen.

QUE FAIRE ?

La solution vint de Colette.

– Pourquoi ne pas essayer de… RÉCOLTER des fonds ?

– Que veux-tu dire ? s'enquit Paulina.

– Nous pourrions faire comme les rock stars ! répondit son amie.

– **Comme les rock stars ?!** répétèrent ses camarades sans comprendre.

Colette éclata de rire puis expliqua :

– Beaucoup de vedettes organisent des CONCERTS pour financer des bonnes causes… Nous ne sommes pas des **célébrités**, mais nous avons un vrai projet : c'est un bon point de départ !

COMME DES ROCK STARS !

DES BADGES, DES T-SHIRTS ET LE LIEU IDÉAL !

Les Téa Sisters avaient trouvé la bonne idée pour **rassembler** les fonds nécessaires à l'aménagement du local du Club des Jeunes Lecteurs.

Il ne leur restait plus qu'à agir !

La première étape consistait à recruter un maximum d'étudiants pour constituer des groupes chargés de s'OCCUPER de chaque partie du projet : des décors à la conception de l'affiche, de la mise au point du programme au choix du lieu où se déroulerait le CONCERT, etc.

Pour informer leurs camarades de leur initiative et susciter des vocations, les Téa Sisters rédigèrent une ANNONCE, dont elles tapissèrent les murs de Raxford.

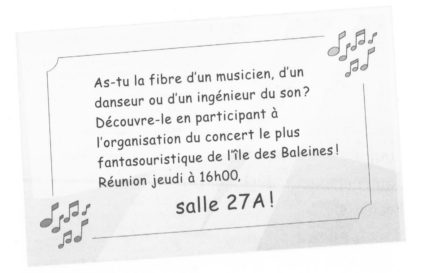

As-tu la fibre d'un musicien, d'un danseur ou d'un ingénieur du son? Découvre-le en participant à l'organisation du concert le plus fantasouristique de l'île des Baleines! Réunion jeudi à 16h00,

salle 27A!

Séduits par leur proposition, les étudiants vinrent nombreux au RENDEZ-VOUS, prêts à apporter leur contribution!

Quant aux volontaires de dernière minute, ils n'auraient aucun mal à rejoindre le groupe : il leur suffirait de... suivre la **MUSIQUE**!

Rapidement, les organisateurs se mirent en effet à passer un **MORCEAU** après l'autre afin de sélectionner les meilleurs accompagnements sonores.

Quelques jours plus tard, Pam et Shen arrivèrent au quartier général, chargés de gros **CAR-TONS**.

– Venez voir, les amis ! Nous avons une *sur-prise* ! s'exclama la jeune fille.

Elle et Shen déballèrent alors quelques échantillons du stock de T-shirts et de badges qu'ils avaient fait fabriquer pour l'*OCCASION*. Tous arboraient le même motif : un livre coiffé d'un casque !

– Nous les vendrons au concert ! expliqua Pam.

– **Waouh !** s'émerveilla Nicky. Je suis sûre qu'ils vont partir comme des petits pains !

Tandis que ses camarades s'empressaient de s'épingler un badge, Pam remarqua que Colette avait l'air CONTRARIÉE.

– Hé, Coco, tout va bien ? s'enquit-elle.

– Oui, bien sûr ! répondit celle-ci avec un sourire forcé.

– Mmmh… marmonna Pam, incrédule. Toi et moi partageons la même chambre depuis notre premier *JOUR* de collège : je te connais mieux

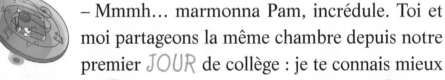

que tu ne connais les ingré-
dients de ton SHAMPOOING
préféré ! Eh bien, sache que
je n'en crois pas un mot !

Cette tirade vint à bout de
la résistance de Colette, qui
confia à son amie :

– Je dois trouver l'endroit où
se tiendra le CONCERT, mais je n'ai toujours
rien vu qui me plaise...

– Eh bien, qu'attend-on ?! Partons à la
recherche du lieu idéal ! conclut Pam.

Les deux filles montèrent dans le quatre-
quatre de Pam et visitèrent tous les sites sus-
ceptibles d'accueillir une scène et son public...
mais sans grand résultat !

Chacun de ces espaces présentait un défaut :
un tantinet TROP petit, TROP dépouillé,
TROP éloigné du collège...

– Rien à faire : je n'y arriverai pas ! Le spectacle va tomber à l'eau à cause de moi ! soupira Colette en s'effondrant sur un BANC du port. Il faudrait un endroit magique, fascinant, inoubliable, mais où se cache-t-il ?

– Magique, fascinant, inoubliable ? répéta Pam, SONGEUSE.

– Rien que ça, oui, confirma Colette, la mine renfrognée.

VOYONS...

– Du genre de... celui-là ? demanda son amie en DÉSIGNANT le panorama qui s'étendait devant elles.

Colette leva les **YEUX** et contempla le quai en pierre qui s'avançait dans la mer bleue, surmonté d'un ciel LIMPIDE, sillonné de mouettes.

– Mais bien sûr ! Nous monterons les tréteaux ici ! s'écria Colette en courant **embrasser** sa camarade. Oh, merci, Pam ! Tu me sauves la vie ! Que ferais-je sans toi ?

LE RÊVE DE GLOIRE DE VANILLA

Entre-temps, les trois autres Téa Sisters s'aperçurent que la SALLE où se réunissait le comité d'organisation n'était pas le seul lieu où l'on s'activait dans le collège. Du gymnase provenait une musique assourdissante.

– Quel est ce vacarme ? s'enquit Nicky.

– Regardez, ne serait-ce pas le majordome de Vanilla ? dit Violet en désignant l'homme qu'employait de fait la famille de Vissen.

– Bonjour, Alan ! le salua Paulina. Que se passe-t-il ici ?

– Eh bien… bredouilla celui-ci, visiblement embarrassé. Je… ne sais pas… si je peux vous le di…

Les trois filles n'eurent guère **BESOIN** d'explications : au même instant, la porte du **GYMNASE** s'ouvrit d'un coup sec.

– Alan, va nous chercher quatre boissons énergétiques ! ordonna Vanilla avec son ARRO-GANCE habituelle.

Surprise de se retrouver nez à nez avec Nicky, Paulina et Violet, la jeune fille se **RAIDIT**.

– Hé, vous trois, de quoi vous mêlez-vous ? Nos répétitions sont TOP SECRET !

– De quoi parles-tu ? s'enquit Violet.

Jetant un coup d'œil dans la salle, elle comprit aussitôt.

Campées devant un grand téléviseur, Connie, Zoé et Alicia reproduisaient les mouvements de la femme qui **dansait** à l'écran. Conclusion : Vanilla et ses camarades préparaient un numéro pour le CONCERT !

– Cette fille, c'est… commença Nicky en pointant le doigt vers le poste.

– Eh oui, la célèbre *Miss Arabesque* ! la coupa Vanilla. Faute d'avoir pu se *DÉPLACER*, elle m'a

envoyé cette vidéo, car elle tient énormément à chorégraphier la prestation des **VANIL-LETTES** !

– Les Vanillettes ? répéta Nicky, amusée.

– Parfaitement ! répliqua Vanilla. Le groupe qui **transformera** votre spectacle d'amateurs en événement inoubliable !

Sur ces mots, la jeune fille referma la porte et se remit à RÉPÉTER.

CE SERA UN SUCCÈS !

Afin que la performance des Vanillettes soit *parfaite*, une costumière s'était d'ores et déjà lancée dans la réalisation de **tenues** de scène flamboyantes, tandis qu'un maître de chant s'emploierait à leur enseigner des **TRUCS** permettant de chanter divinement tout en VIREVOLTANT.

Et ce concert n'était qu'un début ! Vanilla se voyait déjà en tournée à travers le monde, ainsi que sur la couverture des plus grands magazines de musique.

Sa maman adorée ne manquerait pas de l'y aider ! Vissia avait en effet **PROMIS** à sa fille de faire venir à Raxford Paul Paulie, le plus influent **producteur** du moment !

– Tu verras, trésor ! Après vous avoir entendues, il vous suppliera d'enregistrer un album avec lui ! l'avait-elle assurée au téléphone.

Vanilla s'admira dans les **MIROIRS** qui tapissaient les murs et adressa un clin d'œil à sa propre image.

Puis elle lança à ses **amies** :

– Alors, les filles, prêtes à devenir des stars ? Reprenons depuis le début... Cinq, six, sept et huit !

Naissance d'un groupe !

Le groupe des Vanillettes n'était pas le seul à vouloir participer au CONCERT. Bien d'autres y voyaient une **BELLE** occasion de se faire plaisir !

Parmi eux figurait la *chorale* des enfants de la *bibliothèque* municipale.

Dès que les **bambins** avaient eu vent de l'initiative lancée par les étudiants de Raxford pour leur offrir un nouvel espace de lecture, ils avaient eu envie de monter sur scène. Mais pas question d'affronter l'aventure seuls ! Deux chefs de chœurs hors pair s'étaient proposé de les **diriger** : Nicky et Paulina !

Enfin, une troisième Téa Sister se produirait ce

soir-là en la personne de Violet. La jeune fille JOUERAIT en compagnie de camarades au moins aussi passionnés de musique qu'elle : Tanja, Craig et Vik !

Résolus à donner le meilleur d'eux-mêmes, tous QUATRE s'empressèrent de se réunir pour répéter dans l'une des salles de musique.

Mais juste après avoir accordé leurs instruments, ils s'aperçurent qu'ils avaient omis de prendre une décision fondamentale...

– Quel genre de MORCEAUX allons-nous interpréter ? demanda Vik.

– Que dites-vous de ça ? suggéra Tanja en distribuant des partitions aux trois autres.

– Du classique ? s'étonna Craig en faisant tourner les baguettes de sa batterie. Pourquoi pas du rock ?

– Moi, j'avais pensé à quelque chose de plus envoûtant... du **blues**, par exemple !

intervint Vik en exécutant une gamme parfaite sur son piano.

Les trois autres échangèrent des regards perplexes. Chacune de ces propositions était *alléchante*, dès lors comment choisir ?

– Violet, qu'en penses-tu ? Selon toi, notre formation doit-elle être *classique*, **rock** ou **blues** ?

– Pas facile… répondit la jeune fille en se mordant la lèvre.

Tandis qu'elle balayait du regard les **INSTRUMENTS** dont ils disposaient – la contrebasse de Tanja, le **PIANO** de Vik, la batterie de Craig et enfin son violon –, son visage s'*éclaira*.

GENRES DE MUSIQUE

BLUES : musique vocale et instrumentale au rythme très cadencé née à la fin du XIXᵉ siècle aux États-Unis.

CLASSIQUE : musique instrumentale composée en Occident du XIᵉ siècle à nos jours.

ROCK : forme musicale aux tempos syncopés apparue dans la seconde moitié du XXᵉ siècle aux États-Unis. À écouter et à danser.

JAZZ : musique d'origine afro-américaine née au XXᵉ siècle caractérisée par son rythme et son recours à l'improvisation.

– Vous savez quoi ? répondit-elle. Inutile de renoncer à l'une ou l'autre de ces options ; il existe un genre qui les réunit toutes : le jazz !

– *Fantasouristique !* s'exclama Craig. On va former un quartette de jazz !

– Exactement ! confirma Violet. Et que diriez-vous de l'appeler **JAZZ & FUN** ?!

YOUPI !!!

UNE DÉCOUVERTE MÉLODIEUSE !

Les jours passaient sans que les Téa Sisters aient le temps de SOUFFLER !

En plus d'aller en cours et de faire leurs devoirs comme d'habitude, toutes cinq consacraient chaque instant de leur temps libre à l'organisation du CONCERT !

Cependant, même épuisées, elles ne renonçaient jamais à passer un moment ensemble.

Chaque soir avant d'aller se coucher, elles se réunissaient dans la chambre des unes ou des autres pour se raconter les derniers événements de la journée.

– Pam, les BILLETS se sont-ils bien vendus

aujourd'hui ? demanda Colette lors d'une de ces courtes veillées.

– SUCCÈS TOTAL ! répondit son amie en croquant l'un des biscuits au chocolat qu'elle avait achetés pour les PARTAGER avec ses sœurs de cœur. Shen et moi sommes allés à *L'Antique Cancoillotterie* et avons ÉCOULÉ tous ceux que nous avions sur nous !

– Fantastique ! se réjouit Nicky en prenant à son tour un petit GÂTEAU. À ce rythme, ils seront vite épuisés !

– Chut ! SILENCE, les filles ! dit soudain Paulina. Vous entendez ?

Assise sur le rebord de la fenêtre, la jeune fille regardait au-dehors.

Colette, Nicky et Pam coururent la rejoindre et acquiescèrent. Quelqu'un interprétait au violon un air particulièrement *doux*.

– C'est sûrement Violet ! répliqua Colette. Voilà pourquoi elle n'est pas encore **ARRIVÉE** ! Elle est si prise par sa musique qu'elle a oublié notre *rendez-vous* !

Brusquement, la porte s'ouvrit et Violet se rua à l'intérieur.

– Désolée du retard ! J'ai aidé Tanja à **CHAN-GER** une corde de sa contrebasse !

– Tu étais avec elle ?! s'exclama Pam, interloquée. Mais alors qui est en train de *jouer* ?

Intriguées, les cinq amies sortirent et suivirent la mélodie, qui les mena à une salle de musique, où répétait…

ME VOICI !

HEIN ?!

– Kate ! souffla Violet en passant la TÊTE dans l'entrebâillement de la porte.

La jeune fille était nouvelle à Raxford et, comme tous avaient pu le remarquer, d'un tempérament très réservé… Préférant se tenir à l'écart, elle n'avait encore sympathisé avec personne.

Connaissant sa timidité, les Téa Sisters s'efforcèrent de ne pas la perturber ; mais dès que
Kate les vit, elle cessa de jouer.

– QU'EST-CE QUI VOUS AMÈNE ? demanda-
t-elle.

– Nous avons entendu de la musique... et nous
sommes venues ! expliqua Paulina.

Et d'ajouter, emportée par son enthousiasme :

– Tu ne nous avais jamais dit que tu étais violoniste ! Quel talent !

– Merci... répondit Kate en rougissant.

Colette fit défiler dans sa mémoire la liste des
participants au spectacle, qu'elle avait revue
l'après-midi même, puis elle s'écria :

– Mais tu n'es pas inscrite au CONCERT ! Quel
dommage ! Tu devrais vraiment t'y produire !

– Euh, je... peut-être...

– Trêve d'HÉSITATION ! la coupa Pam. Nous
avons besoin de musiciens de ton acabit !

– Non, restons-en là ! trancha Kate, que ces éloges semblèrent **soudain** indisposer.

Glissant son violon dans son étui, elle se **PRÉCIPITA** hors de la salle.

NON, NON...
JE NE VEUX PAS !

À CHAQUE PROBLÈME SA SOLUTION !

Si Kate n'avait pas l'intention de participer au CONCERT, les Jeunes Lecteurs, eux, brûlaient de monter sur scène !

La chorale des **Voix joyeuses**, comme ils avaient choisi de s'appeler, était très motivée.

Pourtant, dès la première séance, les répétitions ne se déroulèrent pas comme Nicky et Paulina l'avaient espéré…

Les enfants semblaient avoir envie de chanter, mais au moment de s'y mettre, ils avaient l'air GÊNÉS.

Un après-midi, alors que les deux filles se

rendaient auprès d'eux, Nicky demanda à son amie :

– Qu'est-ce qui ne va pas, d'après toi ? Est-ce qu'on s'y prend mal ?

– Je ne sais pas... répondit Paulina en *secouant* la tête. En fait, j'ai l'impression que nos petits protégés ne s'amusent pas !

Au même instant, son amie s'**immobilisa**, tendant l'oreille.

– Hé ! Tu entends ? On dirait que des gens chantent ! Qui cela peut-il être ?

– Des enfants apparemment ! s'exclama Paulina.

En suivant le son des voix, toutes deux parvinrent jusqu'à l'une des salles que les étudiants occupaient pour préparer la MANIFESTATION et se trouvèrent face à un SPECTACLE irrésistible : éparpillés dans la pièce, les membres des Voix joyeuses *bougeaient* et s'égosillaient au rythme d'une musique endiablée sortant d'un ordinateur !

Interrompant son TRAVAIL, Ron se leva pour rejoindre ses camarades.

– Salut, les filles ! J'ignorais que vos CHORISTES étaient des danseurs accomplis ! déclara-t-il.

Puis il leur raconta qu'en se rendant à leur répétition les enfants avaient été attirés par la musique, étaient entrés et avaient commencé à s'amuser.

– J'aurais dû leur rappeler que vous les attendiez,

poursuivit le jeune homme, mais ils passaient un si bon MOMENT que je n'ai pas eu le cœur de les interrompre !

– Ne t'inquiète pas, le rassura Paulina. Je crois que ce CONTRETEMPS va nous servir…

– Très juste ! confirma Nicky en faisant un clin d'œil à son amie. À partir de maintenant, le programme des Voix joyeuses va changer : le groupe ne sera plus une simple chorale, mais une troupe d'artistes aux TALENTS multiples !

Malgré leur envie de filer inventer diverses chorégraphies, Nicky et Paulina s'attardèrent quelques minutes auprès de Ron, qui leur semblait moins enjoué que d'habitude. Très rapidement, elles comprirent pourquoi…

– C'est vrai, je suis un peu triste… reconnut-il. Depuis que Tanja fait partie des JAZZ & FUN, je ne la vois presque plus…

Nicky et Paulina se regardèrent : Ron et Tanja étant *inséparables*, il était bien naturel que la jeune fille lui manque.

– Pourquoi ne vas-tu pas la voir pendant qu'elle s'EXERCE ? lui suggéra Nicky.

– Je ne voudrais pas la DÉRANGER... soupira Ron en haussant les épaules.

– Je suis sûre qu'elle aimerait te faire découvrir son groupe ! l'ASSURA Paulina.

RON ET TANJA, INSÉPARABLES !

Les deux filles finirent par le convaincre de rendre visite aux Jazz & Fun, et la manière dont Tanja réagit à la vue de son meilleur ami dissipa tous les doutes de celui-ci.

– RON, QUELLE BONNE SURPRISE ! s'exclama-t-elle en se jetant dans ses bras. Combien de

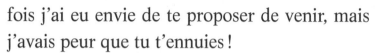

fois j'ai eu envie de te proposer de venir, mais j'avais peur que tu t'ennuies !

– Avec toi, aucun risque ! répliqua Ron en SOURIANT.

Tanja ROUGIT.

– Dans ce cas, pourquoi t'être décidé aussi tard ?

Ron adressa un regard **complice** à Nicky et à Paulina, qui suivaient la scène depuis le pas de la porte.

– Parce que j'avais besoin du conseil d'une **amie**... voire de deux !

UN FÂCHEUX IMPRÉVU !

Les répétitions des **JAZZ & FUN** se poursuivaient sans encombre. Violet, Tanja, Craig et Vik avaient immédiatement trouvé l'**accord** parfait, jouant les uns avec les autres comme si leur quartette avait **toujours** existé !

– Bien, les amis, je dirais que nous sommes presque prêts pour le **SPÉCTACLE** ! déclara Violet à la fin de la séance.

– Presque ?! s'étonna Colette, venue écouter ses **amis** en compagnie des autres Téa Sisters. Moi, je vous trouve parfaitement au point !

Violet répondit à son **compliment** par un grand sourire : la jeune fille était particulièrement fière du groupe qu'elle avait contribué à fonder et qui lui permettrait de monter sur scène avec son cher **violon** !

– Avez-vous choisi ce que vous interpréterez le soir du **CONCERT** ? s'enquit Nicky en sortant de la salle de musique avec les autres.

– Nous essayons de convaincre Violet de nous laisser interpréter l'une de ses **COMPOSITIONS**, mais elle ne veut rien savoir ! répliqua Tanja.

– Le public préférera certainement écouter des morceaux connus… expliqua la jeune fille en ROUGISSANT. Je préfère ne pas prendre le risque !

Alors que le petit groupe s'APPROCHAIT de la chambre de Vanilla, sa porte s'ouvrit

brusquement. À l'intérieur résonna la voix **furibonde** de la jeune fille :

– Ils sont affreux ! Jamais, nous ne porterons ces horreurs !

Ce glapissement fut suivi d'un grand remue-ménage. Puis quelqu'un ÉJECTA de la pièce

un portant chargé de tenues de scènes, qui heurta Violet !

La malheureuse, qui n'avait pas pu l'éviter, fit une mauvaise CHUTE !

– Vanilla ! rugit Vik en se précipitant dans la chambre de sa sœur. Peut-on savoir ce qui te prend ?! Tu as fait tomber Violet !

– Elle n'a qu'à faire plus ATTENTION ! répliqua Vanilla sans ciller. J'avais un banal échange de vues avec notre costumière.

Mortifié par l'ATTITUDE de sa sœur, Vik s'approcha de Violet pour l'aider à se relever.

– Je suis désolé… Tu t'es blessée ?

– Rien de grave… répondit la jeune fille. Mon poignet me fait juste un peu mal.

– Ne t'inquiète pas, Vivi ! la rassura Pam. Nous allons mettre de la glace dessus pour faire passer la DOULEUR !

Hélas celle-ci ne passa pas, et ce SOIR-là, il

fallut se rendre à l'évidence : Violet avait
une méchante foulure !
– Comment vas-tu faire pour le concert ?
demanda Paulina, quand son **amie** sortit de l'infirmerie avec la main bandée.

– Le médecin m'a interdit de jouer… annonça la jeune fille, consternée. Il dit que je ne dois pas faire le moindre EFFORT.

– Les Jazz & Fun sont donc hors jeu… observa sombrement Nicky.

Imaginant la déception de Craig, Vik et Tanja, Violet poussa un profond SOUPIR. Puis une petite lumière se mit à briller au fond de ses YEUX, balayant toute trace de tristesse.

– À moins que… je ne réussisse à me trouver une remplaçante !

– Oui, mais où dénicher une violoniste de ton niveau ? demanda Colette.

Soudain son visage s'éclaira et elle fournit elle-même la réponse à sa question :

– Kate !

Sans perdre une seconde, les Téa Sisters allèrent frapper à la porte de la jeune fille.

– **Sincèrement…** commença Kate après

avoir écouté le plaidoyer de Violet, je ne sais pas si je suis la bonne personne…

S'approchant de la jeune fille, Violet posa sa main valide sur le bras de celle-ci.

– Tu es l'une des meilleures musiciennes que je connaisse ! Pour les JAZZ & FUN, ce serait un honneur de jouer avec toi ! Et moi, je serais RAVIE de votre rapprochement !

Après un instant de réflexion, Kate répondit :

– D'accord, je prends ta place.

– Merci ! s'exclama Violet en la pressant contre elle.

Kate lui rendit son ÉTREINTE, mais une certaine inquiétude subsista dans son regard.

DISSONANCES...

Au bout de quelques jours, force fut de reconnaître que Violet s'était trompée : Kate ne semblait pas faite pour jouer dans un GROUPE !
S'en tenant à une attitude froide et détachée, elle n'avait jamais un mot gentil ou un sourire pour aucun membre des JAZZ & FUN.
ET QUELLE ARROGANCE !
Dès leur deuxième répétition, elle **REFUSA** de faire une pause pour permettre à Craig de travailler un passage qu'il ne maîtrisait pas.

– On peut bien lui laisser quelques minutes pour REVOIR ce morceau ! Je ne vois pas où est le problème, intervint Tanja.

– Et moi je ne vois pas pourquoi je perdrais du

temps avec quelqu'un qui vient aux répétitions sans s'être suffisamment PRÉPARÉ ! rétorqua Kate.

Au début, Tanja, Craig et Vik s'efforcèrent d'être PATIENTS, pensant que leur nouvelle recrue avait simplement besoin de temps pour s'intégrer. Mais au bout d'un moment, ils en eurent assez !

– Je n'arrive pas à y croire ! Kate a remplacé les ⓜⓞⓡⓒⓔⓐⓤⓧ que nous avions sélectionnés ensemble par d'autres de son choix ! explosa Craig en agitant les partitions qu'il avait trouvées, cet APRÈS-MIDI-là, sur son pupitre. Pourtant, elle savait pertinemment que le programme était déjà fixé !

Effleurant le clavier du **PIANO**, Vik déclara sans regarder Tanja ou Craig :

– Je ne sais pas ce que vous en pensez, mais pour moi la coupe est pleine ! Nous avons essayé par tous les *MOYENS* de la mettre à l'aise, mais elle continue à agir comme si elle voulait prouver qu'elle est *MEILLEURE* que nous !

– Tu as raison, acquiesça Tanja. Mais à ce stade que peut-on faire ? Il est trop tard pour trouver une nouvelle *violoniste* !

– Vous savez quoi ? dit très sérieusement Craig.

Plutôt que de jouer avec mademoiselle « *je sais tout* », je préfère encore renoncer au concert !

– Moi aussi ! s'exclama Vik. Je n'ai plus l'intention de supporter son **MÉPRIS**. Et toi, Tanja, qu'en dis-tu ?

– Annuler notre prestation me fend le cœur, soupira la jeune fille, mais je suis d'accord avec vous ! Avant l'arrivée de Kate, jouer me procurait une grande **JOIE**. Maintenant, je me rends compte que quand on répète je suis toujours de mauvaise **HUMEUR**...

Les trois amis se

mirent alors à réfléchir à la meilleure manière d'annoncer à Kate que les **JAZZ & FUN** ne participeraient pas au concert.

Ce qu'ils ignoraient, c'est que la jeune fille, arrivée en retard, avait fait halte devant la porte entrouverte et... entendu toute leur conversation.

KATE OUVRE SON CŒUR...

Après s'être rendues au port pour vérifier que la construction de la SCÈNE se poursuivait sans encombre, les Téa Sisters RENTRÈRENT à Raxford.

En traversant le jardin du collège, elles aperçurent Kate qui s'en allait à toute VITESSE.

– Salut ! lui lança Pam.

La jeune fille passa non loin d'elle sans

lever les **YEUX** et avec un air particulièrement sombre.

– Qu'est-ce qui lui prend ? demanda Pam à ses **amies**.

– Je peux me tromper, répondit pensivement

Violet, mais j'ai l'impression qu'elle est très fâchée !

– Tu as raison, confirma Colette. Il a dû **ARRI-VER** quelque chose.

Les Téa Sisters se séparèrent pour tenter de la retrouver. Alors qu'elles s'apprêtaient à ABANDONNER, reportant la discussion avec la jeune fille au repas du soir, les doux accents d'un violon se firent entendre.

– La musique vient de là-haut ! signala Nicky en désignant la **TOUR NORD**, toute proche.

Les cinq filles s'*ÉLANCÈRENT* dans l'escalier qui menait à son sommet et découvrirent que le **MYSTÉRIEUX** interprète était bel et bien leur camarade !

– Kate ! l'interpella Colette. Tout à l'heure, tu as filé sans nous saluer. Quelque chose ne va pas ?

– Non, tout va bien ! Je cherchais juste un

endroit tranquille où m'ÈxÈRⓒÈR ! répondit la jeune fille.

– Comment se passent les répétitions avec les **JAZZ & FUN** ? s'enquit Violet, commençant à soupçonner l'existence de problèmes avec le reste du quartette.

– À vrai dire... commença Kate, pas pour le mieux. Nous ne sommes pas au DIAPA-SON.

– Pourtant Tanja, Vik et Craig sont GENTILS et ouverts ! s'étonna Pam. Vous ne vous entendez pas ?

– Je ne sais pas... Nous n'en finissons pas de discuter sur le choix des MⓄRCÈⓐUx et la manière de jouer, répondit Kate en baissant les yeux. J'en viens à penser... que je ferais mieux d'abandonner !

– Qu'en disent les autres **membres** du groupe ? demanda Nicky.

La jeune fille leur raconta le dialogue qu'elle avait SURPRIS en arrivant en retard à la répétition.

– Mais enfin, pourquoi as-tu changé les partitions sans consulter les autres, alors même que vous aviez choisi le programme ensemble ?! s'indigna Paulina.

HONNÊTEMENT...

– Eh bien, je me suis dit que cela améliorerait notre PRESTATION...

– Et tu ne pouvais pas leur en parler au lieu d'en décider toute SEULE ? dit Violet.

Ce n'est qu'à ce moment, alors que les Téa Sisters faisaient CERCLE autour d'elle, qu'elle trouva le courage de leur expliquer

pourquoi elle se montrait aussi **découra-**
geante.

– Il y a quelques années, moi et ma **meil-**
leure amie jouions toujours ensemble : moi
au **violon** et elle au **PIANO**. Nous participions
à une foule de concerts et ne cessions de répéter
que jamais rien ne nous séparerait !

En l'entendant, les Téa Sisters **SOURIRENT**;
mais soudain la voix de Kate se brisa.

– Un jour, j'ai découvert que celle que je consi-
dérais comme ma sœur avait présenté les
MORCEAUX que nous avions composés
ensemble à une maison de production. Préten-
dant que c'étaient les siens, elle avait négocié la
possibilité de sortir un album en solo !

Après avoir repris sa respiration, la jeune fille
poursuivit :

– Quand je lui ai demandé des **explications**, elle
s'est contentée de répondre : «Les affaires sont

les affaires ! » J'en ai été si affectée que j'ai décidé
de jouer seule dorénavant... sans plus me **fier**
à personne !

– C'est donc pour ça que tu n'as pas sympathisé
avec Craig, Vik et Tanja ! s'exclama Pam.

Kate opina.

– Oui, mais je regrette d'avoir causé un tel gâchis.
La Kate dure et distante que je leur ai donnée à
voir ne me plaît pas plus qu'à vous ! Mais maintenant... comment RÉPARER mon erreur ?

– J'ai la solution... annonça Violet. **Fais-
nous confiance !**

L'HARMONIE RETROUVÉE !

– Salut, les amis ! claironna Violet en pointant le nez dans la salle où répétaient les **JAZZ** & **FUN**. Que faites-vous de beau ?
– On attend Kate, depuis un moment déjà…
– OH, PARDONNEZ-NOUS ! les pria Violet. C'est nous qui l'avons retardée. Mais justement la **VOICI** !
Sur ces mots, Violet poussa la porte et **ENTRA** avec leur camarade.

S'approchant des autres **membres** du groupe, Kate déclara :

– J'ai été insupportable... J'en suis vraiment désolée. Mais à partir de maintenant, ça va changer !

Tanja, Craig et Vik échangèrent des regards incrédules : leur camarade, habituellement si fière et **OMBRAGEUSE**, était-elle en train de... s'excuser ?!

Violet finit de les rassurer en proposant :

– Que diriez-vous si je participais aux séances de travail de **JAZZ & FUN** ? Je joue avec vous depuis un certain temps déjà, alors que Kate vient tout juste de rejoindre le groupe. Je pourrais lui indiquer un ou deux trucs pour HARMONISER le son de son violon avec celui des autres instruments !

– En fait, tu serais notre CHEF D'ORCHESTRE ! résuma Craig, amusé.

– Exactement ! confirma Violet. Alors, est-ce que ça vous tente ?

– Et comment ! **AFFAIRE CONCLUE !** décréta Tanja, ravie. Si on commençait tout de suite ?

Comme les Téa Sisters l'espéraient, l'intervention de Violet porta *AUSSITÔT* ses fruits : l'atmosphère devint plus gaie et détendue.

Grâce aux conseils et aux SOURIRES de leur camarade, les quatre musiciens apprirent progressivement à répéter ensemble, sans plus craindre le JUGE-MENT des autres et en se sentant libres de se tromper. Les jours passant, ils en vinrent à former un *groupe* homogène et uni !

BRAVO !

– VOUS ÊTES ÉPATANTS ! les félicita Violet à la fin d'une séance.

– Espérons que le *trac* ne nous joue pas de mauvais tours pendant le concert ! souffla Tanja.

– Ne t'en fais pas ! la rassura Kate. Voici l'astuce que j'utilisais quand je me produisais devant beaucoup de monde : quand tu te sens nerveuse, ne fixe pas les spectateurs, REGARDE tes partenaires !

En écoutant cet échange, Violet eut une idée. Peut-être y avait-il un moyen d'éviter que le **face-à-face** avec le public perturbe la prestation de ses amis !

Quelques jours plus tard, quand Craig, Kate, Vik et Tanja pénétrèrent dans la salle de *musique* pour leur dernière répétition, ils la trouvèrent… entièrement vide !

– Hé ! Où sont passés nos *instruments* ? s'écria Craig, stupéfait.

– Regardez, on nous a laissé un mot ! s'exclama Kate en ramassant un billet déposé par terre.

– C'est de Violet. Elle dit qu'elle nous *attend* à la cantine.

– À la cantine ?! répéta Vik, perplexe. Je me demande pourquoi...

– Pour le savoir, il ne nous reste qu'à y **aller** ! répliqua Tanja.

Lorsqu'ils **APPROCHÈRENT** du réfectoire, les quatre musiciens perçurent un drôle de brouhaha : dans la grande pièce les **ATTENDAIENT** non seulement leurs instruments... mais aussi une multitude d'étudiants !

– Bienvenue ! leur lança Violet en souriant. PRÊTS À RÉPÉTER ?

– Mais... mais... balbutia Craig, intimidé.

– Il n'y a pas de mais ! trancha la jeune fille en lui tendant ses baguettes. Je me suis dit qu'avant d'affronter un public inconnu, le **mieux** était de s'entraîner devant… un auditoire *familier* ! C'est parti ! Envoyez la musique !

C'est ainsi que les **JAZZ & FUN** firent leur dernière répétition et leur premier *concert* presque officiel dans la cantine du collège,

entourés de tous leurs camarades et amis ! Et ils y prirent un tel plaisir que leur **TRAC** s'envola une fois pour toutes !

JAZZ & FUN... C'EST PARTI !

Un caprice
pour commencer

Après bien du travail et des préparatifs, le jour du CONCERT arriva !

Attirés par les affiches qui fleurissaient à chaque coin de rue, les habitants de l'île affluèrent au port dès les premières heures de l'après-midi, curieux de découvrir la manifestation organisée par les étudiants de Raxford.

Depuis le STAND où elle vendait des T-shirts et des badges, Pam fit signe à Colette.

– COCO, LA SCÈNE EST MAGNIFIQUE ! la félicita-t-elle.

– Merci, répondit fièrement son amie. Attends de la voir illuminée !

Après s'être frayé un chemin dans la foule, Violet surgit à côté d'elles.

– Colette ! Heureusement, te voilà ! Il y a un **PROBLÈME** en coulisse…

– Aïe ! gémit Pam. Je parie que Vanilla est dans le coup…

Et elle avait RAISON ! Quand Colette et Pam arrivèrent sur place, leur camarade était en plein accès de colère.

– **Non, non et non !** hurlait-elle. Moi et les Vanillettes **exigeons** une loge rien que pour nous !

Nicky tenta de lui faire entendre raison.

– Je suis désolée, mais il n'y a qu'une loge… bien assez grande pour tous !

– Ha ! ricana Vanilla, pour vous, peut-être ! Nous, nous avons besoin de place pour la *maquilleuse*, la costumière, les coiffeurs…

– Si on s'installe dans ce coin… hasarda la

maquilleuse ʀᴇᴄʀᴜᴛᴇ́ᴇ par l'arrogante jeune fille, on devrait pouvoir…

– **Personne ne t'a demandé ton avis !** la coupa celle-ci. Je sais parfaitement ce qu'il nous faut ! Toi, contente-toi de préparer ton matériel !

La CONTRARIÉTÉ de sa malheureuse interlocutrice n'échappa à personne, pas même aux enfants des Voix joyeuses.

– Tu sais que tu es très mal élevée ?! intervint Marina en pointant un doigt accusateur sur Vanilla. Tu es plus CAPRICIEUSE que ma cousine… de trois ans !

La maquilleuse ne put s'empêcher de rire : cette PETITE avait osé parler à Vanilla comme elle-même aurait aimé le faire !

– Hé, les enfants ! proposa-t-elle soudain. Si je vous faisais un grimage amusant pour le concert ! Ça vous tente ?

– Si tu t'occupes d'un seul de ces morveux, tu es CONGÉDIÉE ! glapit Vanilla.

– Aucune importance ! répliqua la jeune femme en haussant les épaules. Je serai ravie de mettre mon temps à la disposition de ces charmants artistes !

Tandis que le visage de Vanilla virait à un **ROUGE** que même trois couches de fond de teint n'auraient pas pu *couvrir*, la maquilleuse ouvrit sa mallette et se mit à dessiner sur la frimousse des bambins des motifs *COLORÉS* du plus bel effet !

PLACE AUX VOIX JOYEUSES !

Enfin, les choristes des Voix joyeuses se réunirent dans un coin des COULISSES, prêts à entrer en scène.

– Waouh ! s'exclama Paulina en découvrant les visages des enfants. VOUS ÊTES MAGNI-FIQUES !

Les petits opinèrent de plaisir. DOUCE et sympathique, l'ex-recrue de Vanilla les avait maquillés de manière très ORiGiNALe !

– Dites, les enfants, vous vous rappelez notre mot d'ORDRE ? demanda Nicky alors que les artistes en herbe se pressaient autour d'elle.

– S'amuser ! crièrent-ils en chœur.

– Eh bien alors... ALLEZ-Y ! lança Paulina.

Le public salua leur ENTRÉE en scène avec
de bruyants applaudissements.

Aucun GROUPE n'aurait mieux convenu
pour ouvrir le concert, se dirent spontanément
les Téa Sisters.

Les enfants CHANTÈRENT et DANSÈRENT de

AMUSEZ-VOUS !!!

OUAIIIS !

YOUPI !

bon cœur, communiquant leur énergie à tous les spectateurs.

Et même quand un petit **RATÉ** menaça de les perturber, ils firent preuve d'une belle assurance. Au beau milieu de l'AIR principal, Tommy trébucha et se retrouva par terre. Loin de perdre contenance, ses amis s'empressèrent de l'imiter, comme si ces chutes faisaient partie de la chorégraphie !

Les **Voïx joyeuses** eurent un tel succès qu'à la fin de leur numéro le public se leva pour réclamer à l'unanimité un :

– Bis ! Bis ! Bis !

OUPS...

HI, HI !

Nicky et Paulina se tournèrent vers Colette, qui veillait au bon enchaînement du PROGRAMME.

– Tu crois qu'on peut se le permettre ? s'enquit Nicky. Leur bis va retarder le passage de tous les autres…

– Oui, mais le concert n'en sera que plus BEAU ! répondit Colette, faisant aussitôt repartir l'accompagnement musical des Voix joyeuses.

VANILLA FAIT DES ÉTINCELLES !

Dans les coulisses, Vanilla bouillonnait en attendant le PASSAGE de son groupe. Après avoir congédié la maquilleuse, elle décida de s'occuper elle-même de la préparation des Vanillettes. Vu sa NERVOSITÉ, le résultat ne fut guère brillant : à présent, elle et ses amies ressemblaient plus à des CLOWNS qu'à des chanteuses !

Lorsqu'elle fut prête, la jeune fille prit son

KOF... ÇA DEVRAIT SUFFIRE...

GRRR !

téléphone hypertechnologique et composa le numéro d'Alan, afin de s'assurer que le producteur qu'elle attendait était bien arrivé.

– Oui, mademoiselle, *Paul Paulie* est ici ! répondit le majordome. Je l'ai fait asseoir au premier rang !

– **Parfait !** s'exclama Vanilla et elle raccrocha.

Puis, se tournant vers ses **amies**, elle déclara :

– Les filles, j'ai apporté quelques modifications à notre chorégraphie.

Zoé ÉCARQUILLA les yeux.

– Mais si on la change maintenant, on risque de se tromper !

– Ne dis pas de bêtises : si vous me SUIVEZ, tout ira bien ! trancha l'intransigeante jeune fille.

Un instant plus tard, Colette annonça les VANILLETTES.

Une fois de plus, Vanilla voulut se mettre en avant pour impressionner son invité, mais ses efforts se retournèrent contre elle.

Au beau milieu de leur performance, elle gagna d'un pas sûr le **CENTRE** de la scène, et, pendant que ses camarades chantaient, se mit à improviser une série de *figures* en solo.

Enchaînant pirouette sur pirouette, elle sentit bientôt sa tête **tourner** et finit... les quatre fers en l'air, devant un public stupéfait !

À la fin de leur étourdissante prestation, Alan se précipita dans les coulisses pour proposer une boisson énergétique à sa jeune patronne.

– Tout va **BIEN**, mademoiselle ? s'enquit-il.

– *D'APRÈS TOI ?!* beugla Vanilla.

Hors d'elle, elle balança le **VERRE** qu'il lui tendait contre le générateur électrique, qui émit des *étincelles* !

TOUT VA BIEN ?

NON, RIEN NE VA !

UNE idée... LUMiNEUSE!

Au moment même où les étincelles jaillirent de l'appareil, tous les projecteurs ÉCLAIRANT la scène s'éteignirent!

– Vanilla! Tu te rends compte de ce que tu as FAIT?! s'emporta Paulina en allumant une torche. Par ta faute, on n'y voit plus RIEN!

Mais la jeune fille était trop obnubilée par la piètre IMAGE qu'elle avait donnée d'elle à Paul

Paulie pour s'inquiéter des conséquences de sa bêtise.

Décidant de RENTRER se calmer au collège, elle abandonna le **PROBLÈME** à ses camarades.

Tandis que Colette s'efforçait de faire patienter le public, Nicky courut chercher Pam. Comme celle-ci était capable de réparer à peu près n'importe quoi, peut-être réussirait-elle à faire repartir le générateur.

Pam examina la machine, puis SECOUA la tête.

– Inutile d'insister ! Il est inutilisable.

– COMMENT FAIRE MAINTENANT ? s'alarma Nicky. Cet appareil alimentait les lumières, les micros, les amplificateurs... SANS ÉLECTRICITÉ, PLUS RIEN NE MARCHE !

– Pensez-vous qu'il faille interrompre le concert ? s'enquit Colette, qui venait de rejoindre ses amies dans les coulisses.

– Oh nooon ! Les **JAZZ & FUN** sont les seuls
à ne pas avoir joué ! protesta Violet.
De la loge surgirent alors Kate, Craig, Vik et
Tanja.
– HÉ, QUE SE PASSE-T-IL ? s'inquiéta Kate.
– MAUVAISE nouvelle : le générateur est
fichu ! Nous sommes dans le **NOIR**, sans
équipement technique ! leur annonça
Paulina.

ON INTERROMPT
LE CONCERT ?

OH, NON !

Après un premier moment d'abattement, Kate observa :

– Nos instruments n'ont pas besoin de COUrant, eux !

– C'est vrai ! Le public pourrait nous entendre même sans micros ! renchérit Craig.

– Nous entendre, certes... mais pas nous VOIR ! objecta Tanja.

– Une minute ! intervint Colette, qui avait retrouvé le SOURIRE. Je crois savoir comment créer un éclairage féerique ! Courez chercher toutes les BOUGIES que vous pourrez trouver !

Après avoir aidé ses camarades à baliser la scène avec des lumignons dénichés en toute HÂTE, Violet s'assit avec Paulina, Pam et Nicky au milieu du public.

Illuminé par une myriade de petites flammes, le PLATEAU se découpait sur le ciel nocturne, composant un tableau à couper le souffle,

comme en jugèrent Violet et le reste des SPEC-
TATEURS.

Enfin, Colette monta sur la scène. Le quai était
plongé dans un silence tendu d'ESPOIR. La
jeune fille n'eut donc aucune difficulté à se faire
entendre par les DIZAINES et les DIZAINES de
personnes qui attendaient.

– Veuillez nous excuser de ce
fâcheux contretemps, com-
mença la jeune fille. Avant de
présenter le dernier groupe, je
tiens à tous vous REMERCIER !
Grâce à votre présence ce soir,
les enfants de l'île auront bientôt
un espace de LECTURE rien
qu'à eux ! Et maintenant, je vous
prie d'accueillir les fabuleux...
JAZZ & FUN !

MERCI À
VOUS TOUS...

Salués par de chaleureux applaudissements, Tanja, Kate, Vik et Craig se mirent en place.

– Bonsoir ! lança Kate. Nous commencerons par un MORCEAU que vous n'avez jamais entendu, mais qui parlera immédiatement à votre cœur. C'est notre amie Violet qui l'a composé et c'est à elle que nous le dédions !

– Vivi, tu as entendu ? s'exclama Pam en étreignant sa voisine.

Trop émue pour parler, Violet hocha la tête, tandis que résonnaient les premières notes d'une tendre MÉLODIE qu'elle connaissait bien.

Grâce à la complicité qu'avaient cultivée les quatre membres du **groupe**, leur prestation fut la plus envoûtante de tout le concert. Alternant les morceaux rythmés avec d'autres plus lents, Craig, Kate, Vik et Tanja firent

DANSER et soupirer leurs auditeurs, qui peu après rentrèrent chez eux avec le sentiment d'avoir assisté à un spectacle INOUBLIABLE...

PAUL PAULIE
Producteur
de musique

4 PLUS 1
ÉGALENT...

À la fin du CONCERT, les Téa Sisters se pré-
cipitèrent à l'arrière de la scène, et dès que les
JAZZ & FUN apparurent, s'empressèrent
de les embrasser et de les féliciter.

– Bravo ! s'écrièrent-elles en chœur.

– C'est grâce au morceau de Violet ! répliqua
Vik. LE PUBLIC ÉTAIT CONQUIS !

– C'est très gentil, mais vraiment vous n'auriez
pas dû... souffla l'intéressée en rougissant.

– Oh que si ! insista Kate. Sans ton aide, nous
ne serions même pas là ce SOIR !

À cet instant, un toussotement attira l'attention
du petit groupe, qui se RETOURNA et se trouva
face à un homme élégant.

Euhm...

– *Bonsoir !* les salua celui-ci en tendant sa carte de visite à Kate. Je suis *Paul Paulie*. Pourrais-je avoir une petite conversation avec votre quartette ?

Apparemment, le **CÉLÈBRE** producteur n'avait guère été séduit par l'extravagante performance des VANILLETTES... mais agréablement surpris par celle des Jazz & Fun.

– Je n'ai pas ENTENDU un groupe aussi bon depuis bien longtemps ! déclara-t-il. Que diriez-vous... D'EN- REGISTRER UN ALBUM ?

♪ PAUL PAULIE
Producteur
de musique ♫

– Un... un album ?! s'exclama Craig, bouche bée.

– Précisément ! Tout ce que vous avez à faire, c'est dire **OUi** et je vous emmènerai en studio !

Kate, Craig, Tanja et Vik se regardèrent : cette proposition était **FANTASOURISTIQUE**, mais pouvaient-ils l'accepter ?

Kate se chargea d'exprimer ce que tous **PEN-SAIENT**.

– Votre offre nous flatte beaucoup, monsieur Paulie, mais sachez qu'au départ notre quartette avait une autre violoniste : Violet. Il me semble que c'est avec elle que les **JAZZ & FUN** devraient réaliser ce projet.

– Violet ? La jeune fille qui a *composé* le premier morceau que vous avez interprété ? s'enquit le producteur.

– Elle-même ! D'ailleurs la voici ! confirma Kate, tout sourire, en désignant sa camarade.

Paul Paulie tendit la main à Violet.

– Ravi de faire ta connaissance et tous mes **compliments** pour ta musique ! Eh bien, que dis-tu de ma proposition ?

TROUBLÉE, Violet fixa ses amies, puis les Jazz & Fun et enfin le producteur. D'un côté, la perspective d'un enregistrement la comblait de joie, de l'autre, elle ne pouvait s'**empêcher** de penser que c'était aussi grâce au talent de Kate que Paul Paulie les avait remarqués.

Elle s'apprêtait à refuser quand lui vint une **IDÉE** qui balaya tous ses doutes.

VOICI VIOLET !

– J'accepte, mais à une condition : que les Jazz & Fun ne soient plus un **quartette**, mais… un **quintette** !

Un après-midi doublement spécial !

Si les jours précédant le concert avaient été intenses, ceux qui le suivirent furent carrément **frénétiques** !

Dès que le poignet de Violet fut guéri, Paul Paulie tint sa promesse : il fit **MONTER** les cinq membres des Jazz & Fun à bord d'un avion privé pour les mener dans un authentique **STUDIO D'ENREGISTREMENT** !

Restées à Raxford, Colette, Pam, Paulina et Nicky se consacrèrent à l'aménagement de la grande salle de la bibliothèque affectée aux ENFANTS ! Grâce aux fonds collectés lors du concert, elles l'**équipèrent** d'étagères, de tables, de chaises et la remplirent de livres, de jeux et de costumes afin de poursuivre les séances de lecture animée autour des histoires préférées des bambins.

Au bout de quelques jours, les **JAZZ & FUN** rentrèrent au collège, ravis de l'expérience qu'ils avaient vécue. Le temps de se raconter ce que les uns et les autres avaient fait, le jour de l'inauguration de la section jeunesse arriva...

– Êtes-vous prêts à connaître le nouveau lieu de rendez-vous du *Club des Jeunes Lecteurs* ? demanda Colette.

– **ARCHIPRÊTS !** s'écrièrent en chœur les enfants.

Dès que la jeune fille ouvrit la porte, ils se ruèrent à l'intérieur.

Découvrant les murs couverts de JOYEUX dessins, les sièges à leur taille et les dizaines et dizaines de nouveaux livres, tous les gamins restèrent bouche bée !

– Vous avez fait un travail formidable !

souffla Rosemary, très émue. Nous ne savons comment vous remercier !

Et cet après-midi se révéla spécial à un autre titre...

Augmentant le VOLUME de la radio qu'elle avait apporté pour permettre aux petits de faire la fête, Pam s'exclama :

– Hé, les filles, écoutez ça !

« Et maintenant… commença le présentateur, un quintette qui vous laissera sans voix. Tout droit venus du collège de Raxford, voici les… Jazz & Fun ! »

– **C'EST NOUS !** s'écria Violet, bouleversée. Tandis que les enfants se mettaient à *danser* sur les premiers accords du morceau, Pam, Colette, Paulina et Nicky coururent étreindre la jeune fille.

– La musique est magique… murmura Violet en se serrant contre ses amies. *Elle rapproche les cœurs !*

TABLE
DES MATIÈRES

DANS LA MÊME COLLECTION

Et aussi...

Le Prince de l'Atlantide   Le Secret des fées du lac

 **16**

 **17**

 **18**

ÎLE DES BALEINES

L'île des Baleines

1. Pic du Faucon
2. Observatoire astronomique
3. Mont Ébouleux
4. Installations photovoltaïques pour l'énergie solaire
5. Plaine du Bouc
6. Pointe Ventue
7. Plage des Tortues
8. Plage Plageuse
9. Collège de Raxford
10. Rivière Bernicle
11. *L'Antique Cancoillotterie,* restaurant et siège des *Messageries Ratiques – Transports maritimes*
12. Port
13. Maison des Calamars
14. *Zanzibazar*
15. Baie des Papillons
16. Pointe de la Moule
17. Rocher du Phare
18. Rochers du Cormoran
19. Forêt des Rossignols
20. Villa Marée, laboratoire de biologie marine
21. Forêt des Faucons
22. Grotte du Vent
23. Grotte du Phoque
24. Récif des Mouettes
25. Plage des Ânons

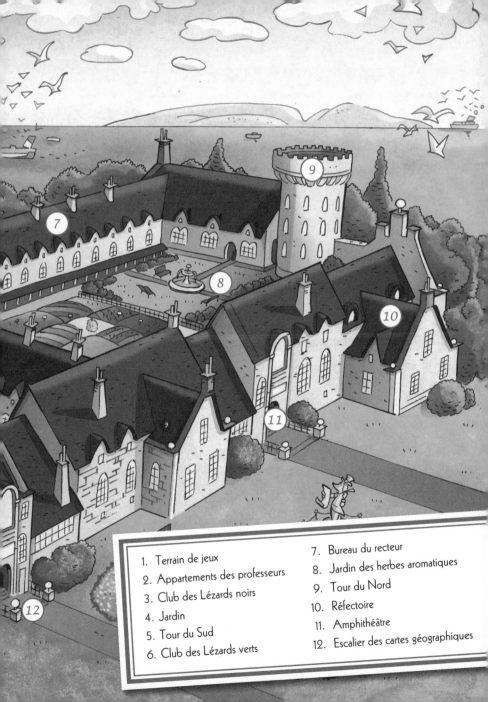

1. Terrain de jeux
2. Appartements des professeurs
3. Club des Lézards noirs
4. Jardin
5. Tour du Sud
6. Club des Lézards verts
7. Bureau du recteur
8. Jardin des herbes aromatiques
9. Tour du Nord
10. Réfectoire
11. Amphithéâtre
12. Escalier des cartes géographiques